몸속의 달

몸속의 달

발행일   2026년 2월 20일

지은이   원정섭
펴낸이   손형국
펴낸곳   (주)북랩

출판등록   2004. 12. 1(제2012-000051호.)
주소   서울특별시 금천구 가산디지털 1로 168, 우림라이온스밸리 B동 B111호, B113~115호
홈페이지   www.book.co.kr
전화번호   (02)2026-5777   팩스   (02)3159-9637

ISBN   979-11-7598-100-3 03810 (종이책)   979-11-7598-101-0 05810 (전자책)

작가 연락처 문의 ▸ ask.book.co.kr
전용 게시판에 문의를 남기시면 저자에게 직접 전달됩니다.

(주)북랩 성공출판의 파트너
북랩 홈페이지와 SNS에서 다양한 출판 솔루션을 만나 보세요!
홈페이지 book.co.kr   •   블로그 blog.naver.com/essaybook   •   출판문의 text@book.co.kr
카톡채널 북랩

원정섭 시집

몸속의 달

사라지지 않는 마음의 빛으로
건너오는 시편들

북랩

차례

옳다

거스르는 것
걸려 넘어지는 것
눈물 없이 바라보는 것
삶과 신과 인간이
각자의 일을 나누어 하는 것

의도의 바깥으로 물이 엎질러지는 것
억울의 홍수에 억울한 자 떠내려가는 것
억울한 한 세계가 함께 휩쓸려 가는 것

옳다
모든 시간
일어나거나 일어나지 않은 모든 일들

삶은 늘 옳지 않았던가?
시간은 늘 옳은 길을 가고 있지 않은가?
삶은 과연 신이지 않은가?[1]

삶이 짓는 신전들
삶으로 지어지는 모든 경전은 그래서

빈 틈 없 이
옳다

---

1   톨스토이, 『전쟁과 평화』 서문

사진

나의 대부분은
지옥이었으니
이제 남은 천국도 지옥만큼 무거워
남아있는 천국을 등에 지네 머리에 이네

사진에 찍힌 아득한 것들
그랬었는지
그들이, 그런 것들이, 그때
그렇게 있었는지
알아차리지 못한 아린 것들이
머나먼 이곳을 바라보며 웃고 있네
그곳만큼 흔들리는 이곳

다시 찍힐 사진 속에
무엇이 남을지는 알 수 없네
오래된 가족, 오래 전의 가족
시간을 지우며
오래 바라보는 시선
포획될 순간 앞에서
경직되는 수줍은 것들이 남겨지기를

이곳엔 주어지지 않은
있어야 할 모든, 원하는 모든 것 중
'모든'은 빼고
오래 못 박혀도 되는
남은 한두 가지 천국이

13

인간의 역사

걸릴 거네
받쳐주는 기둥 없이
기적처럼 기대어 있는 생이
꿈에도
계획에도 없이
완성되는 시간이

먼저 떠난 생들은 미진했고
미진한 채로 떠났고
떠나며, 어쩔 수 없었다는 크낙한 지혜를 물려주었고
우리는 남아서
언제나 다른 생과 부딪히며 불화하므로

단지 서로에게 미안했을 뿐으로
완성되는 一家의
인간의 역사

어쩔 수가 없다[2]

우리에겐 '어쩔 수 없었다'는
지혜의 문장이 유전되고 있어서

---

2   박찬욱, 『어쩔 수가 없다』

하루의 비밀

하루가 왔다
같은 속도 같은 마음으로.

따라 걸어본다
어려운 결심 없이 걷는 저 걸음

그가 지닌, 처음부터 지닌
고통을 유념한다
자유를 허락한다
내 영혼을 드나들.
(범람하지는 마라)

결핍, 지루한 절망.
돌아가 어렴풋이 다시 희망이 되고 싶은 것들이
어둡지 않은 얼굴로 평화로이 오가기를

안개 속 신의 걸음이
조금은 익숙해진
더러는 밝혀진
다만 하루의 비밀이기를

삶의 새로운 국면

찾아온 하루와 함께 지내기는
그리 어렵지 않네
반복은 모든 일을 수월케 해서
하루와 어렵사리 어울리는 일은.

한두 개의 일과(日課)
한두 곳의 공간
길들인 몇 개의 버릇으로

느리고 빠르게 오는
어둡고 환한 오후
느리고 또 빠른
환하게 어두운 하루와 어울리는 일은.

결심하지 않는 이대로의 결심
이대로의 걸음으로
느리고 빠르게 어떤 곳에 이르를

이곳은 그러기에
가장 알맞은 곳
오늘, 가장 합당한 시간

비행기, 단풍, and⋯

은색 상어가 날아올랐다
쏟아지지 않고
거슬러 따라오르는 구름 폭포
십자가 같다
지느러미 활짝 펼친 어린 상어.
한두 번 가벼이 몸을 틀어
하늘에 극진히 인사를 드리고
번쩍
내게도 전하는구나
네 빛의 순간

태어나는 태양의 후예들을
늙은 여름이 받아내고 있네
이파리들의 노을 속에
새들이 노래 없이 오래 앉아 있네

가을의 적막이여
지금은 너도
조금 화려해지기를
사방에서 배어 나오는
비밀스런 저 최후의 빛들을 머금어보기를

노랑이 완성된 은행나무 곁으로
단풍이 들지 않은 수상쩍은 얼굴들이
모여 서둘러 사진 속으로 숨는다

시인이 되어야겠다 내일쯤

하얀 종이배를 타고
나는 저기 하늘 속으로 숨어야겠다

폭포

물들 부서진다

속히 내려오는 거대한 의지

낮은 곳으로 끝없이 내려갈

수직의 은하수

시의 순간

사랑이 고요해지는 때
사방이 정지하는 때
출렁이고 철썩이는
입 속의 파도 쏟아지지 않고
마음 입 밖에서 부서지지 않는
밀도에 집중하는
단지 존재의 순간.
경건한 손
겸손한 손으로 지탱하는
오래 견디지 못하는
고백
농축되며
부재에 응하는

소멸

그것으로 배수진 친 듯
대항하는 듯

그밖에
무엇이 있겠는가

너의 뒷배

열리거나 닫힐

나는 나의 운명.
나의 미래.
나의 운명이고 미래인
오늘과 나는 위태롭구나
힘겹게 이끌고 온
대개는 이끌려 온
고통의 분복이구나

가자꾸나
나의 오늘, 나의 미래여. 마저 이 길로
은은한 이 어둠 머금고
총총 저기 별들에게로
앞에서나 뒤에서 다시 열리거나 닫힐
門 뒤의 비밀에게로

생의 자세

암만해도
생이 지닌 이 자세는
아름다움인가?
바다의 자세

어떤 근거도
대책도 마련해놓지 않은
잘 읽히지 않는 책

몸담을 아늑한 이유가 없어
한 줄 문장은,
파도는, 떠밀린 바닷가 어느 마을에서
탓해보는 것이다
네 바다의 자세

행간으로
떠미는 너의 힘 행간에서
다시 떠받치는
네 이중의 자세 배반의 자세
그 사이 그 경계
마음 둘 곳 없는 그쯤 어디
그곳이, 그런 것이 너의 전부인 것 같아서
진심인 것 같아서

탓해보는 것이다
무심하고 당당한
근거 없고 하염없는
네 바다의 자세

그런 것이다

견뎌보는 것이다
별 뾰족한 수가 있는가
시에 위로받고
위로하는 시를 질투하고
계면쩍어
그 남루를 견디는 것이다
시를 견디고
시인을 견디고
나를 견디는 것이다
곱지 않은 것들
고운 것들
아름다운 것들의 아름다움과
그렇지 않은 비루를
모두 견디는 것이다
흰 눈, 그 뒤의 일
비에 쓸려가는 것
쓸려가지 않는 것

노을
뒤의 어둠과
묻히지 않는 별들을
견딘다 나 아닌 것들

나 아닌 것들은 왜 내가 아닐까
나는 왜 나 아닌 것들이 아닐까

견딘다
아닌 자
아름다움의 은총과 자비 아래

기억

우울이
머리에 쌓였구나
푸르스름한 영화 같은 것들이.
눈 속엔 물려받은 슬픔이 있구나
땅의 전설이.
입속의 강물은 어디로서냐
자꾸 범람하는구나
손에선 흩어지고 있느냐?
모래와도 바람과도 같은 것들
가슴 속엔
바다가 있구나
파도치며 너를 해변에 올려놓고
제 곳으로 돌아가 버린.
너의 두 발은 왜 움직이지 않는 거냐
못 박힌 사랑이냐
잊지도 못하는구나
어떤 말미암음이었는지
가던 길에 문득 무릎을 꿇었던
오래전 밤의
차고 단단했던 그 바닥의 시간

늦겠구나

늦는구나 오늘도
진리는 매번 늦게 도착하고
선한 이름의 것들
그랬다 항상 그랬다
내 몫의 시간

아직 오지 않은 것도 있다
차라리 오지 않은 것이
아마 오지 않을 것들이

두려운가, 뉘우침이여?
아픈가, 어리석은 고통이여?
무엇과 싸우는가, 전사여, 무기도 없이

평화로이 오라
오해하지 않는다
어떤 그물에도 걸리지 않으리니[3]
이제, 때라는 듯
오려는 무엇이 오늘 있다면

---

3   숫타니파타, '무소의 뿔처럼 혼자서 가라'

죽음의 호의

너는 배수진 하였느냐
무엇으로 배수진 치며 살고 있느냐
죽음이 지키고
붙잡아주고 있는 것이냐
자신을 기다리는 자를
죽음은 소중히도 붙잡고 있구나
삶은 호시탐탐 자신을 엿보는데
기다리는 그는 삶을 비껴가네
다정한 그의 손
삶보다 다정한 그의 눈빛
아무래도, 이들은 서로 사랑하지 싶네
기다리고, 엿보고, 비껴가며
쉽사리 서로를 포기하지 않네
마침내 그가 이끌고 올 新세계 神의 세계를
생이 이해하려 드는. 사랑하려 드는
이것은 꿈인가
돌아가고 싶은
돌아가 그리움이 되고 싶은
생의 아름다운 외도인가

목련꽃 피다

꽃들이
제법 무심히 피어났다
이 일이 있기까지
아무런 방해도, 장애도 없었다는 듯이

밤사이
무슨 벽력이 있었겠는가
기다림의 기상천외가

너무 큰 소리는 귀를 지나치고
너무 긴 기다림은 시간 너머에 살지

절벽 끝에
꽃인가, 누군가
목련으로 앉아 있다

관성의 법칙, 의롭지도 불편하지도 않네

보이지 않는 근원.

당연하지, 근원은 보이지 않지. 알 수도.

무엇에 순종하는가

어느 것 하나 내 손이 만들지 않은 이곳에서

나는 어떻게 솜씨 없이도 살아가고 있는가

기적. 같은 일. 이지. 타인의 창조를

숫자와 바꾸는

숫자가 양식이 된 신묘막측한 삶법

(덕분이지)

만들어 올린 음식이 없다 올릴.

타인의 밥상

머리에서 머리를 굴린다

무엇을 거절할 것인가

영혼까지 굴려야 하리

목숨에 갇혀있는
고통이자 즐거움

목숨 밖의 것들은
어찌 되어가고 있는가?

구르고 있는가?
막을 길 없는
믿을 수 없는 삶의
가장 믿을 만한 법칙이

저녁이 온다

하늘에선지 어디선지
저녁이 온다
어둠의 빛
밤의 새벽 같은 것이,
막막한 푸르름
아득한 설렘이었던 것이.

삶에게서 놓이거나
본격적인 삶으로 들어가는
저 時空의 여백에
싸이는 사방이 함께 설렜었다

나를 추억인 양 싣고
차 안이 철썩인다

한없이 가벼워진 사랑이나
하염없이 무거운 오늘을 싣고
차들은 흘러가는 중이다
친절하게 앞에 놓인
매끈한 길의 안내를 거절하지 못한다

저녁에겐
빛의 경계를 넘어온 명료한 의식이 있다
이 질푸른 동요를 위해
할 일은 고작, 차 안의 볼륨을 조금 높여보는 일

오랜만의 내가 저 저녁의 푸른 벽에 새겨지리

오늘을 익숙히 떠나보내는
시간의 합주, 상처의 변주를 지나
무엇이 차 안에 남아
정처 없이 설레는 것이냐

저녁이 온다

집으로 가는 길

이 길로 조금만 가면 바로 집인데
돌아가야 한다

생의 길인 듯
이리저리 꺾인 길을 따라
몇 배의 길을 돌아서 가야 한다

아파트마다 담장이 있어
코앞의 집을 두고
울타리를 따라 긴 여행을 한다

(슬픈 집들
어찌 저리 같은가
어찌 저리 절대적이고 적대적인가
그럼에도
규격이 똑같은
나는 금세 그 집의 슬픔을 감당할 것만 같아)

훤히 보이는 집으로 가는 길엔
길들이 얽혀있고
담장이 이어지고
가시울타리가 둘러 있고

나는 돌아, 돌아서
틀어지고 휘어지며
느릿 느릿

몸속의 달 1

치부를 드러내야
상처를 치유할 수 있다고
그 후에야 행복해질 수 있다고
나와 네가 아는
신과 내가 아는
부끄러움을 어찌 그렇다고 드러낸단 말인가

상처를 돌보려 하지 말 것
부끄러움에게 옷을 입히지 말 것

행복한 자들 틈에서
나는 나에게 확인한다
상처를 지탱하는 것
부끄러움에 기대어 있는 것

어느 미약한 아름다움과도
어떤 슬픔, 어느 불행과도 서먹하지 않은
상처는 다정한 눈

마르지 않는 그대로 간직해야 하는
기름진 밭. 지지 않는
몸 안의 태양
몸속의 달
은은한 몸 안 달빛인걸

하루 1

그대 깊이에 묻는다
나의 생 나의 슬픔
묻진 않겠다 이유는. 그대도 모를 테니
넘치는 인내와 사랑으로 다만 나를 받기를
안기를

사라졌다 나타나
내일이면 어김없이 다시 나를 일으킬
그대 어두운 품에 묻힌다
(믿을 수 없고 믿지 않을 수도 없는
이율배반이 그대의 성품)

사랑하리 그대
꿈에서는

너머

아슬아슬하다
날개가 눈물에 젖는 건

무엇이 이토록 무거운지
가볍고 마는지
해어져 버리는지

수평선을 이끌며
넘어올 너머는

은혜로울까? 이곳처럼
아름답기도 할까

그의 해안에서 쉴 수 있다면…

이곳의 바다에 머물게 해 준
태초(胎初)의 구명조끼를 벗은 후

우리에겐 벗어둔 날개옷이 아직 있을까

하루 2

하나, 둘 북적거렸다
그들 사이로
제법 푸근한 바람이 일었다
입술이 열리고 닫힐
때마다 꽃잎이
피어났다
시간은
꽃잎의 배경이었다가
바람의 배후였다가
관계의 이명이었다가
아직 일어나지 않은 일들처럼
보이지 않게 되었다
원래 없는 자신에게로
일어나지 않을 일들에게로
돌아간 것이다

그들도 돌아갔다
잠시 피워놓은
흩어지지 않은 꽃잎들 두고

고요도 돌아와
저녁의 경계를 넘는다
발 밑, 엄청난 지구의 회전을 감당한
오늘도 신실하고 끄떡없는
신의 시간이었다

하루 3

허겁지겁 상을 차리고
오래오래 밥을 먹는다
이 일 외에 분주한 일이란 없다
빨래는 당근 세탁기.
나는 공손히 버튼을 몇 번 누르고
널고, 들인다
자기 위해 날마다(는 거짓말)
방을 닦는다
잠은, 사는 일 없이 피곤한
낮으로부터의 구원
그 외에 진정 일은 없다

하루에겐 별일이 없다 별 탈도

어떤 삶에게든 순순히 순종하는
그는 덧없이 진실하고
더없이 과묵하다

자신을 향한 어떤 깨달음도 필요 없으리

억겁의 시간으로
억겁의 삶으로
이토록 살아갈 것이니

세월

하루에 얹혀 가는구나

바람에게 자꾸 업혀서 가는구나

비어가는 눈 속으로

눈동자 돌아올 새 없이

가버리는구나

거칠 것 없이

골 깊은 곳으로 소용돌이치면서

위태로이 맴, 맴돌 새도 없이

예배당에서

오늘,
들어찬 신록의 품속에서
말씀이 폭포처럼 쏟아지는 예배당 안으로
바람, 들어오지 못하네

보이지 않는 그 바람 좇다가
귀는 진리의 말씀 따라가지 못하네
손은 그 말씀 붙잡지 못하네
말씀은 불지 않은 바람을 타고 날아다니고
핏줄들만 손등에서 몸을 일으키네

진리는 바람을 따라잡지 못하고
몸을 일으키지 못하고
필경 그랬으려니
바람은 십자가 형틀만 오르내리다
빛의 갑옷만 어루만지다
그만 가버리고 말았으려니

신성

안에서
기다리는 자가 기다린다
두 팔을 벌린 듯
먼 곳을 바라보는 눈길인 듯

모른 체 하는 A와
알아보지 못하는 B와
무언가를 기다리는 C를

기다린다 하염없이
잊은 것도 같고 잊지 않은 것도 같이.

A는, B는, C는 마침내 알아볼까?
눈길.
알아차릴까?
잊지 않음. 지우지 않음

아마도 끝이 없을

그러나 우리도

우리 내려가요

- 머리카락

모르실 거여요
모르는 즐거움
모르고 떨어지는 가벼움

모든 것은 밖의 일

당신 삶에 들어있는 모든 과목은
한결같이 우리 너머의 일
우린 모르는 일
우리 죄 아닌 일

눈앞이 수월해요
바닥이 화안해요

미안해요
근심 많은 이곳
우리 내려가요

꽃들은

절벽을 향해 오르고
절벽에서 태어나고
절벽이 되고

때가 되면
자기에게서
뛰어내리네

냉장고를 열다

요사이 걱정거리는
정치 언제나
경제 무례한
사회 거침없는
문화 그리고
먼지. 초, 미세, 먼지에
가깝고도 먼
이웃들이 핵핵거린다
떠도는 핵의 입자들
미래는 미세하게 먼지에 붙잡혀 있고

한편엔
쉽게 고개 숙이지 않는
이쁜 것들이 있다
그 이쁜 것들은 냉정하게
냉장고에 산다
찬 기운 받아 기죽지 않고
몇 날 며칠을 싱싱하게도 산다
삶이 당당한 당근
호박은 복스럽고
파는 파닥파닥 뛰어나올 듯
버섯들은 핵우산을 쓰고 방긋방긋 웃고 있네
무섭다
이쁜 것들

머리 위 핵보다
약물에 중독된 이 이쁜 것들이
나는 더 무섭다

'놓치지 않고 있어요
가득 붙잡고 있어요
버림받은 땅과
배반당한 공기의
취기'

마지막 잎새들

나무 아래 서보면
보인다
가지 끝 잎들이
얼마나 밝게 인사하고 있는지
하늘이라 할 수 없는 그쯤의 하늘
몸의 끝자락 이미 허공에 닿아
가벼워진 몸 저리도 즐거워
팔랑팔랑 빛에게 내어놓는 마음

일 년 내내 마주쳤던 바람,
달빛, 별빛에겐 고마웠다고
반짝이며 터지는 웃음
새소리 같아

종소리 같아
빛에게 바람에게 낮은 하늘에게
온몸 마주쳐 울리는 부신 종소리

쓸쓸한 길 위로 이제 흩어져 떠나기 위해
하늘, 그 하늘이라 부를 수도 없는 허공의 언저리
기다림의 팔들 뻗어 올린 나무 끝에서
올리는 마지막 기도

마치면
후울쩍, 저곳을 놓으리

길고 지루한 상처

추억이 아름답기에는
삶이 너무 길고 지루해
길고 지루한 삶을 믿지 못하여
오늘도 진지하게 상처 입어요
길고 지루한 삶은 헛되기도 해
이 진지한 상처 또한 믿을 수는 없어요
죽음 앞에서야 삶은 사랑할 만한 것이 되려는지
죽음 앞 사랑 말고
어떤 사랑을 감히 하려구요
상처에는 혹 하늘을 오르는 계단이 있으려나요
그 계단 오르지 못하고
고개 숙인 채 향기는 태어나
내내 시들지도 못하려나요

상처를 믿지 않는 자
무엇이 생을 지탱하고 있나요

길고 지루한 향기
아직 생을 돌보고 있나요

곶감

곶감은 내가 참 좋아하는 간식

단단하고 떫은 땡시
껍질을 벗기고 줄에 꿰어 조랑조랑
볕 좋고 바람 잘 드는 곳에 매달아 놓아
그러면 시간이 들어가 놀지
떫은 기분 다 날아가고 마음 부드러워지면
얼굴에 하얗고 고운 분이…
그때 우린 눈이 맞아요
마음, 같이 매달렸던 즐거운 공중

어떤 말, 녹아 마음을 흐르지 않게
냉동실에 넣어두고 오래오래 얼렸네

이제 하나씩 꺼내 먹는 그 말
고통이 기억하는 그 말
때에 알맞았던 그 날의 말

알고 있었어
그 말에 반사되던 오후의 흐린 빛
먼지들 막연히 떠올랐고
아주 잠시
막막해 하던
예감

경포

오늘, 바다와 내내 함께 있었습니다
나의 집이라 여기는 곳과 그리 멀지 않은 곳
차원이 다른 세계가 망망히 살고 있었습니다
그의 맨 끄트머리에서 태어난 파도가
끝도 없이 힘차게
밀려왔다 갔습니다
바다는 힘차고 저렇게 넘칩니다
(그러나 힘을 숨기고 있을 때의 그 부드러움은
말로 할 수 없지요)
아름답습니다
어쩔 줄 모르게 아름답고, 무섭고, 설렙니다

지금 길의 오른편에
그 바다가 살고
왼편에는 갖은 종류의 삶이 와글거립니다
삶과 바다가 반반씩
저를 붙잡고 있습니다

그런데, 저 바다는 어디에서 자꾸 이곳으로 오려 하나요
검푸른 머리채는 온통 먼 곳에 풀어놓고
오지도 못할 길을 발끝으로만
오려 하고 있나요
그러다 이내 모두 놓아두고
바다는 결단코 바다로 돌아갑니다
하염없이 돌아가고 맙니다

어둠이 내려와 바다를 덮습니다
바다가 그만 집으로 들어가려 합니다
산이 산 뒤로 자꾸 물러섭니다
보이는 것이 보일 때까지
부지런히 창을 닦습니다
제자리에 있는 것들 모두 제자리에 두고
저만 돌아가면 됩니다
바다처럼 돌이키면 됩니다

아픈 어머니처럼 삶이 저릿거립니다

생의 탄생

신은 아버지를 데려가셨다
생이 겨우 뿌리를 내렸을 때.
생을 따라다니는
그림자를 주셨다
벗으로 지내라고.
생을 조금씩 허공에 흩으셨다
하늘과 가까운 곳이라고

어머니.

어두운 머리맡
오래된 안개를 걷으셨다

명백한 빛처럼 이제 남은 것

헐벗은
비로소 날 것의 생.

시간

온다
자신의 삶을 살러.
비슷한 얼굴로 와서
비슷하게 허물고
간다
시간은 허를
찌른다. 찌르지 않는다. 어느 쪽인가
양심에 찔리는 나는 그 앞에
한 줌의 참회이기로 한다
시간은 산 자의 것
그러나 없으려는 자에게도
한사코 있으려 한다
스스로를 위해
일용할 양식을 채우는 중
날마다
바른 생활
이토록 반듯하게

낮달 3

외롭진 않아
남긴 것 없이 모든 연(緣)들 띄워 보내고
거칠 것 없어진 허는 오히려.

망망대해 가까이 가면
파도 소리 무성한 바다
아침이면 물결들 눈 뜨고
자기의 일을 저토록 하는 거지

동서남북 거침없는 사막이여
온 땅이 드디어 너의 영토가 되었구나

그러니 낮의 달이여, 굳이 빛나려 하지 말기를
너는 빛에게 유배된 자
어둠에도 속하지 않은 자
흐릿한 눈으로 지구 위의 생을 엿보는 자

신의 입김에 떠밀리며
연고 없이 이곳에 와있네
내막들, 부질없어 모두 나를 떠났지

흘러내린 생의 마지막 마을
왠지 처음 생의 입구에 와있는 것도 같아

어렴풋한 내 안의
바깥

어떤 생

줄 생각이 없는 손 앞에서
오랫동안 서성였던 (것 같은)
돌이켜볼 때
그 아이의 눈빛은 어떠했을까

오늘 아침 오래된 어떤 음악을 듣다가
마른 빵을 씹다가
그것이 그랬던 것임을 깨달았다

그랬던 것이다
줄 생각이 없는 어떤 손 앞에서
마른침을 꼴깍이며
애절하게 눈동자 없는 눈을 바라보고 있었던

사랑 외에는 아무것도 가지지 않은 손 앞에서
진지하게 간절함을 연기했던
진실된 거짓의 눈빛(이었으리).

그러나 받을 자 받았을 것이다
가질 자 가졌고
발견할 자 발견했을
내가 원하는
나도 모르는
생, 어떤 생

반으로 살다

어느덧
몸 밖으로 좀 나왔네
집을 조금 나온 나는
그러나 딱히 갈 데가 없네
모호하게 비좁은 곳에서
정처 없음.
이곳을 이끌고 어떤 경계를 넘는다 해도.

정체는
불명 이유는
모름 실체도
없음
(몰라요 그냥 공간이 들어온 거여요)

한동안 웃고 떠들리 한동안
외로움에 이 몸 떨리
당면한 목숨에
몸 바쳐지리.

어두워진다고
빛들이 소란.

나의 반쯤이 이곳에 붙박여 있네

삶

애인이었어야 했는데

원치 않는 모습의 서먹한 손님과도 같아서
이제 보면
사랑하지 않은, 미안하게도 그런 것 같은.

자꾸 어긋나
알아차릴 수 없었네
품에 간직한
품에서 자라는 보석들
수천 년 다듬고 있는
고통, 그 별들

몸에 맞지 않아
마음을 맞춰 입었네

기다리다가
막막하다가
부질없다가
그러다 몸에 들인 버릇이다가

불현듯 그가 돌아서 버리면
바람만이 달려가
늦게 따라간 나의 사랑을
전해 주겠지
지워 주겠지

진리의 충격

그는 갔네
가만 가만 소리 없이 살다
조용히 소리 없이 가버렸네

무겁게 덧입은 옷 가만히 벗어놓고
불지도 않은 바람에 싸여 떠났네

위태로운 미래를 버리고
생을 넘어, 만나볼 수 없는
너머의 주민이 되었네

위태로운 미래를 데리고
죽음이 우리 사이를 왔다가 갔는데

뒤돌아
가던 데로 가고 있는 걸음들
웃던 대로 웃고 있는 얼굴들

잠

얼마나 많은 꿈들이 가라앉아 있는가
깨고 나면 그만 숨어버리는
고기떼 같은 꿈들이

너는 어디에 갇힌 바다인가
그 고기떼들 품고
기슭에 기슭에 가 닿으려 하는

말

입 속에 강이 있다

퍼내고 퍼내고
흘려보내고 흘려보내도
평생 마르지 않을.

어디서 시작되는지
어디서 흘러들어 고요를 덮고
밖으로 밖으로 흘러가고 마는지

여름과 겨울 돌고 돌아
데워지고 데워지고
차가와지고 차가와져
누구의 가슴골에 숨어 사는지
숨어 우는지

실체 없는 물고기들 태어나
펄떡거리는
범람하는 몸

생존의 습관 2

우리에게
'아름다움'이란 것이 있을까?
거룩한 추억
거룩한 고통
거룩한 습관…

생존이 아름다운 운명이라면
그에 바쳐지는 모든 추억은 거룩하지 않은가?
약함의, 악함의, 배반의, 거짓의, 모든 얼룩의…

거룩은 얼룩의 시간
입 속의
눈 속의
등 뒤의

얼굴엔 얼룩의 추억이 들어와 있고
가려주는 아름다운 가면이 있고
알면서도 고개를 숙여주는
이심전심의 거룩이 있는 것이다
신에게서 인간으로 거듭나기까지
생존의 습관이 되기까지

남은 일이 있을까?

나와 남이 되어가거나
옆집의
옆집이 되는 일 외에

늦가을비 마저 내리고

저녁, 국화밭에
별들이 돋았다
풀잎 위 이파리들 사이
어스름 가로등 빛에 돋아난
지상의 별들

맑은 온몸이 파르르 떨린다

땅은, 은혜를 아는 거다
하늘이 내려준 맑은 것으로
이런 별들을 돋우어 내다니

어쩌지 못하고
눈을 감는다
감아버린 눈 속으로
몸 젖어 들어오는 향기

국화꽃 피고
아기별들 태어나는 이곳에

남아있는 향기
이토록 남아있는 것들의 향기

낡은 집

그는 제 길을 가는 것인가
그가 어떤 집을 택하고
거기서 제 일을 하는 것인가
아무래도
그는 제 갈 길을 가려는 것 같은데
비어있긴 하나 좁은 이 집에
샘이라도 있는 듯 물이 솟는 것은
놀라운 비밀
스러운 일
늦게, 이리 늦게 낡은 집에 샘이라니
혹시 집은 낡았어야 했는지 모른다
오래 기다린 집이 필요했는지 모른다
오래 기다리기를 기다린 것인지도

그가 사는 집
오래된 샘이 있는

시의 행방

새가 날아갔다
무게가 별로 없는 몸 가벼운 새들이
기착지를 향해 기꺼이 날아갔다
그곳에 대기 중인 무거운 자들은
새의 안착을 도와줄 것인가

사뿐히 내려앉지 못하는 새는, 그들 어깨 위에서
한낱 깃털처럼 흩어질 것인가
가벼이 나는 새를 잠시 앉게 하는 건
무거운 그들의 몫
날개 짧은 새들은 길 없는 공중으로 사라질 것인가
길을 내며 조금 더 날아갈 것인가. 꽃잎들

나는, 새의 행방을 모른다
모르기로

정자 아버지

그는 내 곁을 지나갔다
낮은 담장 넘어 뻗은 우리 집 대추나무 아래를
힘없는 바람처럼 스쳐 가고 있었다
그때쯤 생기기 시작한 태양의 그림자가
그를 따라가고 있었던가, 아닌가
그는 순간의 이파리, 찰나의 허수아비처럼
이제 없는 자인 양 이미 없는 자인 양
길을 지우며 가고 있었다 아마.
그때 나는 왜 그를 모른 척했을까?
그를 불러 멈춰 세우고 주머니 가득 저 싱싱한 대추의 생을
왜 넣어주지 못했을까
정말 바람인 줄 알았을까?
그가 이끌리던 어떤 시간의 배후를
느꼈던가, 아닌가
마른 헝겊 조각들로 입혀놓은 허수아비의
진짜 아비인 줄 알았던가?
며칠 전 그가 만지작거리던 대추 몇 알,
한두 알을 주머니에 넣었던가, 아닌가
나는 그때 무엇이었을까? 나도 그를 스쳐 가는
허튼 바람이었을까?

그는 그렇게 사라져 버렸다
그리고 그리 높지 않은 저편 산속에
마른 대추 알처럼 누워 있었다

나는 그의 뒷모습의 최종 목격자

그를 묻으러 가고 온 오늘, 하늘이 문을 열고 그를 맞고 있었다
그새 이곳을 다녀간 심한 바람
머리 위 그득했던 구름을 모두 걷어가 주었다
저런 하늘이라면,
모든 구름의 행적들
비스듬했던 그 날 나의 목격도
불어 맑히운 저런 하늘이라면

여기

간혀있다는 느낌

둘러쳐진 벽은
보호막일까?

부르지 않은 곳으로 달려가고
실패하고 돌아오고.
짓눌린다
수분 없는 방의 수분 없는 공기에.
걸려 넘어진다
무게 없는 것들에게
수분 없는 얼굴들, 그 낱말들에.

좀 더 멀리 갔더라면

별을 만났더라면
그 빛을 좀 가지고 왔더라면
어둠의 뒷모습을 지우고 왔더라면
지워지는 곳으로 좀 더 가까이 갔더라면
아득해졌더라면
새벽의 동굴에
주고받은 찰나의 눈빛들을 새기고 왔더라면
좀 더 멀리 갔더라면

순진하고 무구한 이곳은
부르지 않는 곳에 엎드린
수분 없는 자들의 거처

머리 위, 어깨 위의 하늘
떨어뜨리지 않을 만큼의
묘기를 터득하고 돌아온

우리에겐 죽음이 충만하다

생이 다니는 길 위를
아무렇지 않게 죽음이 지나다니는 일

삶의 한가운데를 죽음이
저리 아무렇지 않게 건너다니는 일

아슬아슬한 생이 아슬아슬 그를 비껴가는 일

그러다 기어이 길에서 마주친 둘
내생의 인연인 듯 서로를 알아보고
그리웠다, 내심 그리웠다고
눈물웃음 화알짝 피워내는 일

함께 태어났던 자들의 조우

이제 오는 겨울과
가을에 남아 부스러지는 것들은
온전한 때를 향해 저처럼 정다이 가렴

삶은

그늘이고
오래, 안으로 어둡고
어깨 위 하늘의 무게이고
무거운 꽃이고
여기에서
저기에서 가벼이
흩어지고

손으로, 발 하나로어렵지 않게
다다른 터널의 끝, 지나도
자꾸 다다르는 어두운 꽃의 입구이고

그런데 몸은 좀 가벼워졌는지
어둠에게 그늘에게 무거움에게 가벼움에게
(그 꽃들에게)
자신을 조금씩 덜어주고 왔으니

죽음이 돛단배처럼

바라본다
누군가 움직이는 것
빛인지 어둠인지
얼굴 한 번 보여주지 않는,
품으로만, 우주와 같은 품으로만 움직이는,
그에게로 옮겨가는
무겁고 가벼운 걸음들
눈빛들
모른 채로 따라가는
수줍고 두려운 그림자들

고요가 돛을 올리리
실패하지 않을 항해

아지랑이는 머리를 풀어 헤치며
거리에서 누웠다 일어서고
자꾸 일어서고

고요는 아무도 태우지 않은 것처럼
아무 일 아닌 것처럼
아무 일 없는 것처럼

끝에 오는 이에게

어제는 벗이 찾아왔네
그래서 그와 하루를 보내었네
그리웠으나 섭섭하고 서운한 것 없이
모처럼 와준 것만으로
고마운 마음에 오래 어울려 지냈네

그런데 삶이 보내주는 어떤 방문객들
지나는 길에 찾아왔겠으나 결단코 반갑지 않은
알 수 없는 내막의 손님들

어떤 소명을 가진 것인지
주객이 전도되는
점령하고 다스리는
일방적 친근
고통스런 친근

그러니 맨 나중 오시는 이여
그대는 이렇게 오시기를
어제 왔던 시처럼,
정말, 처음이므로 신선하게,
마지막 정복자의 위엄과 겸손으로
미안한 듯 그런 듯
다가와 주기를

대신

지붕 위에 못 박힌 십자가와
천국에 처박힌 십자가를
구해내려 출가한 다리가
걷어차 버린 길을 무자비하게
밟아버리는 바퀴들을
보고도 엉엉
울지 않는 달

빠르게 죽어버린 아버지
느리게 걷던 엄마를
때리지 않고도 눕혀버린
시간이 눈에 거미줄을 치는 사이
얼굴에서 입덧하던
울음 덧난 웃음이 마악
터져 나오려는 그때
가 비상 탈옥의 時

박으세요

중언부언

옳은 말 왼 말, 신의를 저버리는

누웠다 자버리는

말 깨워 모두 쥐어박고

박아 버리세요 못

저 대신

(당신도 대신)

틈

틈으로 살았습니다
빈틈에서 새어 나오는 틈의 호흡으로,
빈틈에 있는
틈에서 살았습니다

넓이는 그만 지웠습니다
호호 불어보는 입김만으로
그 넓은 허기를 어찌 감당합니까

지워진 곳에서 틈이 열립니다
시간과 공간이 거듭납니다
사라진 것들의 자리
숲이었던 자리 누군가 오래 꿈을 꾸던 자리
남아 지켜주는
틈에서 삽니다

틈에는 없는 것이 있어요
주로 없는 것들이.
가는 입술 사이
무슨 추억이 그리 물려있는 건지
틈의 전설일까요…

틈으로 살겠습니다
사라진 비밀을 머금고
어느 곳에서는 열리고 있는
틈의 그 고요한 구석으로요

고요

잔치 뒤
분주히 오간 발과 말의 걸음 뒤
말쑥하게 모여오는 고요
(아무 일 없었어)
여기, 저기에서 살얼음같이 다시 깨어지지만
아무 일 아닌 것.
블랙홀

원래 꽃들의
식물의 소리였다고.
달빛, 별들로부터 온
향기였다고.
천지에 퍼져있는
공간의
시간의 소리라고
너무 커다란.

소란스런 입들이
그에게 새기는 모든, 모두의 소리
고통스러워 덮어버렸다고.

마지막엔 들을 수 있을까
광활
다시 태초가 열리는
생과 사, 일없었다 하는
그런 건 아무 일 아니라 하는

존재 증명

지금, 여기는
여기에 이른 그간의
시간, 공간.
알거나 모르게 그 안에
드려진 것, 내게도 바쳐진 것들을
손해 없이 서로 주고, 받고
나는 그 증명할 수 없는 내용의 증명을 위해
필사적(이었을까? 필사적
은 어둡고 외로운 짓 어둡고 외로운 곳)

영문을 모른 채 다소곳이
그만큼의 여기
이만큼의 전부가
내 것인 양 내게 수렴된 모양

살아남은 자들은 비밀스럽네
사라진 시간은 어디서 부활하고 있을까
미래는 불현듯 발견되고 있는가?
지켜야 할 약속은?
마지막 얼굴은. 머금을 후회나 기쁨은.
고통은, 고통에겐 아직도 무엇이 부족한가

나는 족하다 할 모양
굳이 어둡고 외로울 필요없이
익숙한 것들의 존재를 증명하며
이제는 즐거워할 모양

나는 그럴 모양
새로운 비밀을 지닐

너의 표정이 바뀌기를

쏟아지는 물을
받아 마셨을 뿐이네
흘러내리는 물을
받아 적었을 뿐이지
생수의 근원이 닫히면
눈물을 받아 마셨네
그 눈물도, 받아 적었지
머릿속을 흐르는 생수의 피
몸속을 돌고 도는 그 피의 눈물을
받아 쓰고, 마셨네

잃은 것은 없네
잃을 것도
살아남은 생의 우연이 있을 뿐
태연한 그 引力이
우릴 이끌었겠지

달에게도 이끌리는
태연할 수 없는 자들의 운명이
각기 제 곳으로 흘러가기를
바람으로도 불어가기를
묻어 있는 나의 숨소리를
너의 표정이 받아 적기를

꿈꾸는 잠

- 호접몽

머릿속에 소음이 가득하다
문 없이 들어와
미로에 갇혀버린 소음
구불거리는 이곳이
미로인 줄 미처 몰랐겠지
튀쳐나오는 소음
멀리 못 가고 다시 어딘가로 들어갔으니, 밤늦게
꿈이 되었을 것이다
벌어지는 그들의 리그, 또는 토너먼트
잠 속은 소음 중

안개는 매일 밤 걷히지 않고

오래된 영화에선 언제나 비가 내렸다
화면 한쪽에서 대사가 비를 맞고
주인공들은 끝까지 비를 맞았다
어떤 관객들은, 대사에서 떨어지는
비를 같이 맞는다
푸른 영사기의 소음
어둡고 푸르스름한 소음

잠 속을 다녀온
아침이 허전하다
꿈속에 두고 온 것이 있는데
그것이 무엇인지 모른다

그래도, 조금 명랑해진 머리가 새 날을 시작하려는데
아침이 알아차린다
여기가 꿈이라고
깨어난 잠의 이쪽이
실은 저쪽의 꿈인지도 모를 일이라고
문득

바람과 비를 기다리며

1.
새던 것이 새지 않기로 회개하고 몸까지 돌이키진 않았을 텐데
물이 새지 않는다
하는데… 잠시 후 물이 삐져 나왔다 (그럼 그렇지)
이것이 숨고르기를 한 모양.
그 잠시 동안에 든 생각은
자연 치유, 회복력, 기적…
생물에게나 가끔 있을 수 있는 현상을
고장 난 정수기에다

더위가 한풀 꺾인다

2.

너희를 어디서든 많이 본 적이 있다
어디선가 갑자기 만난 적도 있다
어디에서고 수없이 스쳐 지났고
준비 없이, 기다림 없이 문득 마주치기도 했다
너희의 생을 어찌 표현하랴
그 생기를. 생 자체인 생을. 그 생생함을.
부드럽고 세찬 몇 개의 목소리. 너희의
들리지 않는 소리와 들려주는,
물불을 가리지 않는
불같이 사나운 몸의, 세찬, 그 성난 음악을
오

3.

오늘 밤 비가 온다고
많은 비바람이 올 거라고
어떤 생이 오늘 밤 몰려올 거라고

생이 살아야 하는 이유

- 생에게

할 일이 있다면, 그가 해야 하는 일이 있다면
지금에서 조금만 더 아름답게 하는 일
이라기보다는, 추해지지 않게 하는 일. 지금에서 더
분노하거나 분노하거나 그래서 절망으로까지
더는 가지 않게 하는 일
눈에 돋은 가시를, 흘기는 눈빛을, 비늘을 떼어내는 일
어떻게 큰맘을 먹어
어디쯤, 어느 맥락에서 크게 한 번 웃어보는 일
통 큰 고통 통 큰 상처 통 큰 슬픔을
지녀보는 일. 그들이 낳을 통 큰 생명을
기대해 보는 일

무엇이 최후에 남아
통 크게 생을 지탱해 갈까나

노래를 부를까? 그를 위해.
그는 익사하지 않을 만큼의 부력

그 위에 떠
그가 낳을 최후의
통 큰 기쁨
기대해 볼까나

시

1.
부재의 심해로 내려가면
영원이 비로소 시작된다지

있음의 내부를 자꾸 내려가다 보면
없는 곳이 있다고 하지 없는 것이.
있는 것들은, 원래 없는 것이었다지
O.K, 알쏭알쏭한 있음의 진실

그러나 그것으로는 부족하다네 이 절대적 생이.
지금 부재중인 어떤 생이

2.
팔을 내리면
손등 위로 불거지는 피의 산맥
몸 안에서 푸른 길들이 펄떡이고 있었네
붉은 몸이 왜 푸르게 일어서는 것인지
끝에 이른 이 푸른 강은
어디 붉은 바다를 향해 되돌아오를 것인지

아직 부재중인 그는
별빛같이 먼 데서 오거나
바람이 불 때, 비가 내릴 때
살갗에 닿는 아주 가까운 만남에서 자신을 느낀다지

푹신하고 까끌한 풀들이 빨리 자랄 때,
나무에 기대 우는 여름이 울음의 허물을 벗을 때,
빛과 어둠이 서쪽 하늘에서 마주칠 때도.

푸른 강물 이끌어 가는
어느 없는 곳에서 오는

몸속의 달 2

우물 안에, 마음 잘 살고 있는지
마음 안에, 착한 상처 두엇 잘 살고 있는지
그것은 타인의 어떤 상처에
흔들려 뚝 뚝 눈물 흘리는지
그것은 어떻게 마음을 돌보고 있는지
마르지 않을 그 샘에서
정결해진 샘물은 솟고 있는지

너의 우물
안에 얼굴 하나 떠올라
깊이 생을 들여다보네

착한 달
깊이 깊이 너를 긷는구나

바람의 제국

무엇이 현을 건드리나
이제 남은, 오직 남은
기쁨뿐일 현을

신의 복음 같네 저 녹음
녹아내리는 태양의 불이
나무에 붙었잖아

그러나 이 여름, 머잖아 멸망하리
어느 제국보다도 위대하였지만.

바람만이
입맞춤할 수 있으리
제국의 멸망을 안아줄 수 있으리

무엇이 흔들겠는가
오고 가는 것이 전부인 기쁨의 제국을

소망

그간의 삶은
무슨 이유로써인지 슬픔이 빛났으니
이유 없이, 이제는 그 빛 희미해지기를
그간의 마음은
따뜻해지기를 힘썼으니
이제는 움츠림 없이 서늘해지기를
모이고 모으기에 갖은 애를 태웠으니
흩어지고 흩기에도 온갖 몸을 태우기를

우연히, 기쁨이 하늘에서 내려오기를
땅에서도 솟기를
인연 없어도 문득 태어나주기를

숨겨진 일들에 인과응보 있기를.
나의 인과응보엔 평화롭기를

의미에 기대지 말도록. 너무 믿지도
무거운 것들은 의심해보기를

잠잠하기를.
알 수 없는 이 커다란 나무 그늘 아래

오늘 page

삶은 경전
죽을 때까지 읽고 익혀야 하는
신의 교재
읽으면서 바로 지워지는.

모든 문제에
실은 한두 가지 답의 책
그러나 숨겨진 답도 드러난 답도
때에 그닥 소용은 없네
답과 문제가 따로 노니는 책

그렇다고 지금에 와
이 책을 무를 순 없네
그동안 그럭저럭 읽어오지 않았나
설렘도 없이

그러니 해가 질 때까지
읽고 읽고 들여다보고 들여다봐야지
거기서 어떤 비밀이
태초의 빛은 새어 나오지 않아도
일용할 문장, 행간의 침묵을
읽어야지. 그리고 그날이 오면
반납을 해야지 공손히
(기쁨은 분명 내일 페이지에)

이것이 오늘 page

(행간에서 연어들 돌아오는 소리)

묵시록

- 카페 일기

조금 떨어진 곳에
너의 실체가 있을 것이다
마주치고 헤어지는 곳에서 조금 떨어져
낯선 등들이 흩어져 앉은 곳
조용하고 침착한 등들이
서로 알아채지 않는 곳
너 역시 침착하게
너를 등지고 앉는 곳
네게서 조금 떨어진 곳

(너의 절망은 어디쯤에 있느냐
너의 절반도 그쯤에 아직 있느냐
너의 반이 머무는 곳 너의 반을 그리워하는 곳
네가 자꾸 돌아가는 곳)

무연한 이곳이 나는 우연처럼 사랑스럽다
마음 모를 등들이 등대 같은 곳
등불같이 켜지는 곳
묵시가 있는 곳

등에는 은밀한 진실이 있다
등 돌리고 말하는 진심들이.
무엇일까
나의 등이 밝히는 진심, 내 등의 진실은
내 등이 받아 적은
생의 묵시는

노욕은 죽지 않는다
　오래 살아갈 뿐이다

꽤 되었다

여름이 잘 죽지 않는다

노욕이라는 누명을 쓰고

요즘은 여름이 욕을 먹으며 오래 살고

목숨

나의 목숨은 나의 주거지
내가 깃들어 살게 된
맨 처음 셋집
진실로 나를 책임지려는
숭고한 그의 신념 위에
내 위태한 생이 세워졌네

그 후
그보다 더 좋은 곳을 찾아
이리저리 집을 옮길 때마다
그는 나를 따라다녔네

나를 사랑한다 믿고 있는지
나를 지켜주리라 결심했는지
자기와는 끝까지 함께 가자는
스토킹

두렵고도 고마운
나의 스토커

기도

당신 앞에 저를 세우지 마세요
쏟아질 테니요

아직 오지 않은 한때를 위해
가련한 목숨이
저를 가득 가두고 있으니요

우레는 아니어요
섬광도 폭풍우도 겨울 눈보라도.
버티고 버티는 해진 마음 터뜨릴
바늘 끝의 은총을 기다리는 거여요

마지막 슬픔이 완성될 때
그때 저를 건드려주어요

그런데
다시 생각해 보니
지금은 어떨까요

탄식, 탄식하는
폭포수의 장엄은 털끝도 아니게
당신 앞에 쏟아질 단지 물의 순간으로요

아버지

그만
저를 데려가시면 안될까요?
사랑 없이 사는 일이 얼마나 지루한지
사나운지, 당신은 모르실까요?
저를 왜 못되게 하시나요
와중에, 이 희미한 기쁨은 또 뭔가요
까닭이 없어요
사랑 없는 기쁨이 있을 수 있을까요?
기쁨에게도 거짓이?
혹, 저도 모르는 사랑을 제가 하고 있나요?
어찌 되어가는 일이랍니까
여기 솟는 샘물

그러나 발목에도 미치지 못하는군요.
이 물, 무릎을 덮고 허리까지 차올라[4]
헤엄치며 즐거울 날이 올까요?
올까요?
사나운 우리
안팎이 모두
사나운 시절에

4   에스겔서 47장

고통에 대처하는 고통스러운 방법

그도 뭔가 자신의 할 일을 해야 했겠으므로
존재를 증명하듯
저녁 무렵, 오랜만에 그의 삶이 쳐들어왔어.

저항할 수 없어 도망을 생각하지만
피할 곳이 없네
TV, 산책, 책, 시…
절박한 때
길들여놓은 것들은 왜 소용이 없을까

백약이 무효한 삶의 거대한 축
굴러오는 그의 바퀴를 피할 수 없네
이 맨정신 오래 버티지 못할 텐데

그러나 저에게도 약점은 있으니
이 저녁을 넘기면, 오늘 밤을 넘기면
내일엔 내일의 태양이 떠오르고[5]
저는 바람과 함께 얼마쯤은 사라져 주겠지

방패도 무기도 없이 버티는 자가
고통에 대처하는 유일한 방법–
(있으면 가르쳐주기를)

나는 그의 일부
다가오는 저의
맥박이고, 심장의 검붉은 소리인 것처럼.
사소한 생에 자신의 자리를 잡으려는
크고 두려운 그의
일부인 것처럼.

---

5   마거릿 미첼, 『바람과 함께 사라지다』

달의 시간

기다려야 한다
한순간이 다가오는 때를
황금빛 보름달 떠올라
어둠이 기쁨의 함성을 터뜨릴 때
숨죽인 하늘이 소스라치는 순간을

태양에 지친 자 빛의 갑옷을 벗고
달빛 울음 머금는 늑대의 순간

슬픔이 그만 기쁨으로 돌이키려 할 때
터지는 어둠 속의 팡파르
이끄는 달의 순간을.

나, 이제부터 속한 자가 될 듯
오늘 하늘에 울려 퍼진 달
몸 안에 가득하여
이후 몰래 출렁이게 될 듯

다음 달이 올 때까지
누구도 모르게
달의 백성이 될 듯

의지하는 의지

이제 움직여야 하는 시간
어떤 정신을, 마음을
일으켜야 하는 시간
몸과 함께
일으킨 그것들을 붙잡고
함께 가야 하는 시간

신과 함께.

일어선 그것들을 믿을 수가 없다

변치 않는 마음

옆에 문 닫는 소리
셔터, 내려지는 소리

하루를 닫는
하루가 닫히는 소리

이미 닫힌 나는
가만 그 소리에 갇힌다

변치 않는
아무도 사랑하지 않는

오늘의 기도

하는 일 없이 지구 위를 어슬렁거리는
축복

하는 일 없이
탄소를 뿜어도 되는
당연

신의 축복, 생명의 축복, 운명의 축복…들이
지구의 불행으로 거듭나고 있네

선한 일말의 의지가
지구를 구할 수 있을까?
아무 잘못이 없는
지구는 구원받아야 하지 않은가?

생명이 아닌 듯 엎드려 있는
충만한 의지, 고요한 의지
신은 이곳에서 우리와의 낙원을 꿈꾸었는데.

피어나는 섭리의 꽃들과
친구가 될 아이들을 위해

남은 운명은 남겨진 섭리의 고통으로.

곁에 남은 자들이
간절히 손잡고 한 날에 떠날 수 있는 것이

숨겨진 그 날의 섭리가 될 기도

맞이하기를

생은 예로부터 고통이 낳고
키우고
완성하고

자라난 그 나무 끝에서는
마지막 땅의 것, 하늘의 것일지도 모를
최후의 기쁨도 태어나고

그럼에도, 그러므로
웃자란 이유 없는 경탄!

땅에 돋아난 풀들, 하늘에 돋아난 별들을 보라고
산과 바다,
천지의 주인이라 말하지 않는 저들에게
물으라고 물들라고
달에게는 순정을 바치고
물과 불은 두려워하라고.

죽은 아기새의
포근하고 따스한
깃털. 어린 생명들의
눈
깊이. 거기. 스며있는
하늘과 땅에
잠시 숨이 멎는 경이를!

달이 오고 별이 오고
꽃 오고 바람 오고 비 오고 눈이 오면

맞이하기를
다만 맞이하는 생이기를